KB201162

뜨거운 것은 오래 머물지 않는다

《둘이 하나 되어》두 번째 이야기

뜨거운 것은 오래 머물지 않는다

펴낸날   초판 1쇄 2020년 9월 25일

지은이   정의정
펴낸이   서용순
펴낸곳   이지출판

출판등록   1997년 9월 10일 제300-2005-156호
주소   03131 서울시 종로구 율곡로6길 36 월드오피스텔 903호
대표전화   02-743-7661   **팩스**   02-743-7621
이메일   easy7661@naver.com
디자인   박성현
인쇄   네오프린텍(주)

ⓒ 2020 정의정

값 13,500원

ISBN 979-11-5555-140-0 03810

이 도서의 국립중앙도서관 출판시도서목록(CIP)은 e-CIP홈페이지
(http://www.nl.go.kr/ecip)와 국가자료 공동목록시스템
(http://www.nl.go.kr/kolisnet)에서 이용하실 수 있습니다.(CIP제어번호: CIP2020038010)

뜨거운 것은 오래 머물지 않는다

글 · 사진 **정의정**

《둘이 하나 되어》두 번째 이야기

이지출판

몇 년 전 남편의 시력에 문제가 생겼다. 중도시각장애인 등급까지 받게 되었다. 갈피갈피 쌓인 기억과 희망을 내려놓아야 할 때가 된 것이 아닌가 하는 절망감이 들었다.

안타까운 나날이 지속되던 어느 날, 마음을 바꾸었다. 반드시 '일으켜 세우겠다'고. 앞뒤 동산이 있고 잔잔한 호수와 시냇물이 흐르는 광교산 자락에 새 터전을 잡았다. 계절이 바뀔 때마다 풍경들이 우리를 밖으로 이끌었고, 남편은 산책길에서 답답함을 달래곤 했다. 햇살과 바람의 속말을 알아듣는 것일까. 꽃과 나무와 풀 향기는 산책길의 동반자였다. 그럴 때마다 삶의 허무는 위무로 바뀌곤 했다.

봄이면 나무의 단단한 표피를 뚫고 나오는 경이로운 새싹과 경쟁하듯 피어나는 꽃들이 우리 발길을 멈추게 했다. 여름이면 싱그러운 나무들 사이로 꽃이 지천으로 피어 벌과 나비를 불러들이듯 우리를 불러내었다. 가을은 길가에 활짝 핀 코스모스의 밝은 미소와 붉게 물든 단풍이 삶의 뒤안길을 겸허히 바라보게 했다. 자연이 침묵 속으로 깊이 빠져드는 겨울엔 긴장의 옷깃을 여미지만, 가끔은 푸근한 눈꽃들이 움츠린 마음을 위로해 주었다.

이 책은 그러한 사계四季를 사진과 글로 담아냈다. 계절마다 색다른 풍경 속에 우리 삶도 자연에 순응하듯 스며들었다. 때로는 사계를 명확하게 구분 짓는 것이 애매하기도 하지만, 중요한 것은 어려운 인생의 사계절 속에 발붙이고 사는 오늘의 삶이었다.

글의 순서도 '봄 여름 가을 겨울 그리고 다시, 봄'으로 정리했다. 한 가지 덧붙일 것은 '그리고 다시, 봄'은 계절의 봄이라기보다 '돌이켜본다'는 의미의 봄이다.

나이 듦일까, 성숙해졌음일까. 세상과 사물을 보는 태도가 조금씩 너그러워지는 듯하다. '오늘 시든 꽃이 어제 핀 꽃'임을 실감하는 것도 삶의 속도가 빨라진 시간들이 더 소중해져서일 것이다. 모든 게 감사하다. 견딜 수 있을 만큼의 시련을 주신 것도 사랑을 더욱 돈독히 하라는 천명이 아닐까 한다.

이 책이 나오기까지 수고해 준 이지출판과 응원해 준 모든 분들께 두 손 모아 감사드린다.

2020년 광교호수공원에서
정 의 정

봄

spring

아름다운 시절

연둣빛 봄버들
천진난만한 아가 얼굴,
봄을 알리는 전령이다.

초록으로 가는 과정의 색깔.
누가 먼저 자라나 서로 키재기를 하고
진초록 여름을 선보일 경쟁을 한다.

하지만 봄의 연둣빛이 좋았음을
저들은 여름이 되어서야 알 것이다.
그 시절이 아름답고 사랑스러웠다는 것을.

나무의 가르침

여느 동료처럼, 하늘 꼭대기를 택하지 않고
옆구리에 안착한 자목련꽃.

그곳이 어디든 생애 첫 꽃을 피워야 한다고
붉게 다짐한 저 꽃망울이 거룩하다.

인간이 어떻게 저 나무의 속뜻을 알 수 있을까.

늦되다

신록이 우거진 오월에
잎도 꽃도 떨군 채 홀로 서 있는 마른 나무.
지난 꿈에서 깨어나지 못해서일까,
절정의 시기를 넘겨서일까.

때로는 푸른 꿈이 다 허물어지고
캄캄하게 삭아 슬픔을 안고 죽은 듯 서 있어도

걱정하지 마라,
세상에는 늦되는 일도 있는 법.

민들레

겨울이 얼마나 지루했으면,

이웃 친구는 꿈적도 하지 않는데

서둘러 꽃을 피웠을까.

갈대 사랑

나름의 소명을 완수하고 장맛비에 풀썩 누워
썩은 육신까지 자양으로 내주는
어제의 갈대꽃이 오늘의 새싹을 지킨다.

어린 잎사귀들은 기억할까?
바람이 갈대의 줏대를 이리저리 흔들어도
안간힘으로 키운 어른 갈대의 사랑을.
그 따뜻한 품에서 오늘이 시작되었음을.

사랑은 살아 있는 모든 것들의 존재 이유다.

사랑하기엔
너무 짧은 생

호숫가 언덕에 꽃피운 해당화,
열아홉 섬 색시의 청순한 사랑이다.

아침에 피어 저녁에 지는 짧은 사랑에도
떠난 님 그리며 만개한 자홍색 늦봄이 붉다.
우아한 장미의 족속이지만
결코 화려하지 않은 자태는
'미인의 잠결'처럼 온화하다.

인고의 시간이 응축된 꽃향기가 코끝을 훔치고
먼 바다의 전설처럼 귀엣말로 속삭인다.

"사랑하기엔 너무 짧은 생이지요?"

수레국화

개울가 언덕길 수레국화꽃.
별빛 같기도, 달빛 같기도 하다.

하늘의 꽃수레인가,
땅의 꽃수레인가.

차가운 듯, 도도해 보이는 몽환의 보라는
단순하지 않은 애매모호한 빛깔이다.

그래도 가끔 꿈과 환상에 빠져
보랏빛 꽃수레를 탄 소녀를 꿈꾼다.

짝

원천호수 검둥오리 한 쌍.
짧은 물갈퀴로 잘도 헤쳐나간다.

짝 없는 다리 긴 학을 부러워하지 마라.
아무리 고고해 보여도 홀로 서 있는 외로운 길.

부지런한 물갈퀴 짓,
함께해서 힘들지 않았다.

현충원
소나무

솔은 높고 으뜸이다.
우두머리라는 '수리'에서 유래된 나무.

민족의 성역, 호국 추모공원에서
내 발길을 멈추게 한 소나무 한 그루.

호국의 열망이 죽어서도 발현하는 것일까,
옆구리를 찢고 나온 푸른 이파리에서
젊은 영령의 혈기를 본다.

나무는 말이 없지만,
영혼은 살아 숨 쉬고 있다는 증표.
영원무궁 세세토록 나라의 번영을 꿈꾸는 기상이리라.

꼬리조팝나무에서 배우다

진분홍 자잘한 꽃들이 밀집되어
곧추선 모양이 동물의 꼬리 같다고 부른 이름.

사촌격인 조팝나무는 사오월에
빼곡한 흰 꽃이 흐드러지지만,
꼬리조팝나무는 육칠월에
둥근 뿔 모양으로 핀다.

솜사탕처럼 달콤한 꽃이 탐스러워
짙은 향기에 코를 들이밀지만
그곳은 꿀벌들의 세상,
인간의 침범을 용납하지 않는다.

다 제각각의 영역이 있어 서로 배려하는 일.
그것을 우리는 '질서'라 부른다.

노랑벌꽃

조잘대는 노랑이 햇살에 눈부시다.

서로 의지하며 살아가는 어린 색의 군락.

노년의 시간이 빠르게 움직이고 있다.

빨간 우체통을 지날 때마다 그리운 지난날들.

오밀조밀 살 부비던 그때를 회상한다.

능수버들

바람이 살랑거린다.
호숫가 언덕 위 능수버들 가지.
그네 타는 연둣빛 치맛자락이런가.
여윈 팔들이 무더기로 하늘거린다.

등 뒤에 날아드는 까치 떼와
앞에서 휘날리는 갈대숲.
바람과 햇볕과 함께하는 생.

어느 고을 아비가 딸자식을 목 빠지게 기다리느라
능수버들 고개가 그리도 길게 늘어졌나.

쉼

원두막이 새삼 그리워지는 건 왜일까.
누구에게는 쉼터,
누구에게는 비를 피하는 우산,
또 다른 누구에게는 참외 수박을 나누어 먹으며
익어가는 곡식을 바라보는 흐뭇한 시간이었으리라.

쉼 없이 조이기만 했던 나이테였다.
이제 그 연륜을 살며시 풀어내도 될 시간.
이만큼 살아냈으면, 조금은 보상을 받아도 되지 않았을까.
오늘은 저 원두막에서 느긋하게 여유를 부릴 참이다.

나무
다리

유아 체험 숲속 앙증맞은 다리.
아이들 얼굴 같은
작고 여린 들꽃들,
살갗을 스치는 바람이
어린 발걸음을 재촉한다.

저 작은 다리를 건너고, 돌아올 때마다
새들이 지저귀듯 동요 소리와
환하게 피어난 아이들 웃음소리가
숲속을 꽉 채운다.

천변에서

눈 녹아내리던 날,
온 세상이 가라앉은 듯
회색빛 아래 물거품이 인다.

반신욕 중인 징검돌 사이로
살아 있다고 존재를 드러내는 힘찬 물고기의 점프.
기댈 곳 없는 공중에서
까악거리며 아는 척 반기는 까치.

쓸쓸한 징검돌 위로 흐르는
바람 소리가 아늑해 보인다.

어느 하구, 어느 바다를 향해
묵직한 소리로 쉼 없이 흘러가는가.

백오리 한 쌍

금슬이 으뜸인 오리 한 쌍
제가 좋아하는 곳이 물속 세상이지만,
풀밭 세상도 궁금하다.

양지바른 곳에서 사람들처럼 윙크하기가
"요렇게 좋은 것을~~."
남편이 들고 간 먹이를 뿌려 주니,
"요렇게 맛있는 것을~" 하듯 순식간에 먹어치웠다.

전통 혼례상에 오른 나무오리 한 쌍.
백년해로하라던 선조들의 깊은 뜻을
새삼 곱씹어 본다.

황혼

이른 봄, 양지바른 물향기 수목원.
천만 가지 꽃 중에 할미꽃이 피었다.
검붉은 애련哀憐, 털북숭이로 감추고
하염없이 아래를 바라보시는 겸손한 차림.

슬픈 추억을 훌훌 털어 버린 황혼의 저물녘.
모든 것을 받아들이고 천명天命을 받드는 모습은
베틀에 앉아 계시던 외할머니를 닮았다.

나 얼마나 더 살아야 순순히 고개를 숙일까.

몇 날 몇 밤을

산
그리운 산

아침 이슬로 세수하고
아지랑이 분 바르고
색동저고리에 다홍치마 입고서
어서 오라 내게 손짓하네.

나도 모르게
발걸음이 그대에게로 향한다.

그 품에 안겨
몇 날 몇 밤 쉬고 싶어라.

마음속 그리움이
다 사그라질 때까지.

차마 그럴 수 없어서

실개천 버들강아지
깊은 산속 너무 외로웠나.
길가 경적 소리
너무 시끄러웠나
냇가에 앉아
송사리 떼 이야기와
냇물 소리에 장단 맞춘다.
만지면 간지러워
손등에 햇살이 터질 것만 같다.
한 다발 품에 안고 돌아오고 싶었지만
차마 그럴 수 없어
딸에게 사진 한 장 보냈다.
물소리도 함께 보냈다.
산에는 눈이 덮였는데
어제가 우수라 했다.

여름

summer

반성문을 쓰다

망초꽃 흐드러진 칠월.
자세히 들여다보아야, 얼마나 앙증맞고 신비하고 예쁜지 안다.

그러나 이름은 예쁨에 걸맞지 않게 '개망초'로 불린다.
헛되고 헛된, 보잘 것 없어 이름 앞에 붙인다는 '개'.
서러운 야생의 꽃이다.

그러나 이름과 무관하게 아름다운 모습이다.
나는 아무렇지 않게 함부로 불렀던 이름이 없었던가.
속정을 모르고 험하게 대한 이름들에게
오늘 반성문 한 장 쓴다.

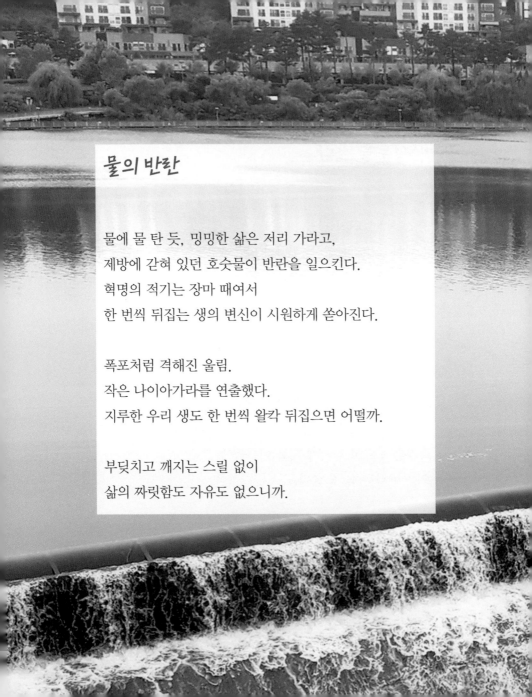

물의 반란

물에 물 탄 듯, 밍밍한 삶은 저리 가라고,
제방에 갇혀 있던 호숫물이 반란을 일으킨다.
혁명의 적기는 장마 때여서
한 번씩 뒤집는 생의 변신이 시원하게 쏟아진다.

폭포처럼 격해진 울림.
작은 나이아가라를 연출했다.
지루한 우리 생도 한 번씩 왈칵 뒤집으면 어떨까.

부딪치고 깨지는 스릴 없이
삶의 짜릿함도 자유도 없으니까.

장맛비 속에서

호수 물이 콸콸 넘치기도 하고
낭떠러지 옹벽에 부딪치기도 하는
그 기세가 강렬하다.

하얀 아치다리에서 내려다보고 있는
내 몸까지 둥실 떠내려갈 듯한 울림.
어느새 가슴속 응어리도 요동치는 물속으로 빨려 들어갔다.

세찬 장맛비가 만들어 낸 웅장한 오케스트라,
연주가 끝나면 고운 무지개 피겠지.

마대길을
오
르
며

가파르고 구불구불한 오르막길.
친환경 야자 매트가 깔렸다.

제 수명을 다해도 자연으로 돌아가는 길.
늙은 관절에는 푹신한 매트가 제격이어서
고마운 발걸음이 조금씩 가볍다.

죽어서도 쓰임이 있는 야자나무의 섬유질.
멀리 이국땅에서도 대접받는 것은
그만큼 잘 살게 된 여유이지 싶다.

다문화 가족

벗겨 놓은 옥수수 잎사귀만 보아도 군침이 돈다.
종류도 여러 가지.
찰옥수수, 메옥수수, 단옥수수….
맛도 모양도 빛깔도 서로 다른 것들.

다름은 어디서부터 비롯되는 것일까.
수컷 꽃가루들에 좌우되는 것인가.
세상의 수컷들은 기다리기도 하지만
바람둥이처럼 이리저리 날아다니기도 한다.

바람에 날리는 수컷의 속성을 누가 막으랴.
그것이 외도인지, 우생학을 위한 근친혼을 막으려는 것인지도
옥수수 안에서도 다문화 가족을 볼 수 있다는 사실이
기특하기만 하다.

미루나무 아래서

굵은 다리로 버티고 선 미루나무.
시골 신작로 길에서 많이 보던 가로수였다.
하늘 높이 치솟지만, 낮은 땅도 섬기는 소박함이 미덥다.

한때 전국의 도로를 지배했던 시기가 있었다.
그러나 수명이 짧다는 이유로
태풍에 약하다는 이유로
봄의 솜털이 유해하다는 이유로 그 자리에서 밀려난 것.

누구라도 한때는 영웅이었다.
먼지와 매연에도 굳세게 자리를 지켰다.
이제 그 길을 뒤로한 채,
공원 한쪽을 차지한 저 나무가 평안해 보인다.

누가 행복할까

호숫물이 부용을 올려다보고
능수버들이 부용을 내려다본다.

호수는 명주실로 짜놓은 듯한 섬세함에 이끌렸고
능수버들은 정숙한 몸매에 빠졌다.

부용의 기분이 좋을까
호수와 능수버들의 기분이 좋을까.

행복도 내가 만들고
불행도 내가 만들 듯이,

미묘하게 아름다운 부용보다
호수와 능수버들이 더 행복하리라.

아침
구름

밤새 비가 내렸다.
숲은 어스름 잠을 깨고
비 그친 새벽 하늘이 가볍다.

바람에 실려 온 호수의 느긋한 파문,
지난밤의 비밀스런 이야기들이 밀물지어 재잘거린다.

잊혀진 듯 정지된 시간 속에
호수에 내려앉은 구름이 가볍게 춤을 춘다.

부지런한 발걸음만이 만끽할 수 있는 아침 구름이다.

연잎 무리

겨우내 호수에 감추었던 손을
한 모퉁이에서 뾰족이 손가락질하기 시작했다.
하루가 다르게 여기저기서 하나둘씩 만세 부르더니
호수를 덮어 버리기 시작했다.

나는 호수의 윤슬을 방해하는 줄 알았는데
그게 아니었다. 위로 올라가기 싫다는 것이었다.
위로 더 위로 솟으면 부러져 추락한다는 것을 알았나 보다.

옆으로 퍼져 물그림자와 노닐기만 해도 행복한 연잎들.

댑싸리 밭에서

흙이 키워 낸 댑싸리.
미니 댑싸리가 나란히 어깨를 견주고 있다.
고요 속에 바람과 흙이 만난 이야기가 쌓였을까.

어릴 적 고향집 댑싸리비와 싸리비가 떠오른다.
줄기가 약한 댑싸리비는 어머니처럼 부드럽게
줄기가 강한 싸리비는 아버지처럼 시원하게 마당을 쓸었다.

부드러움과 강함의 울타리 속에서 걱정을 모르고 자랐다.
빗질하다 잠시 허리를 펴고 빙그레 웃으시던 부모님
오늘 밤 꿈에서라도 만나뵙고 싶다.

찔레꽃

산책길 찔레꽃
시어머니께서 즐겨 부르시던 '찔레꽃' 노래.

"찔레꽃 붉게 피는 남쪽 나라 내 고향
언덕 위에 초가삼간 그립습니다.
자주 고름 입에 물고 눈물 흘리며
이별가를 불러주던 못 잊을 사람아."

울타리를 타고 넘어 허공으로 피는 찔레꽃.
출렁이는 가슴 안에 피는 향기가
넘지 못할 높은 담 있을까.
우리 동무야!

땅을 섬기는 발품

맨발로 계족산 찰흙 황톳길을 삼대三代가 걸었다.
발바닥의 부드러운 감촉이
온몸으로 전달되는 듯
발바닥이 붉게 변한 것만큼
내리사랑 윗사랑이 각인되는 듯하다.

걷기를 마치고
아무리 발을 씻어도 삼대의 발자국에
아름다운 황톳빛 상흔이 그대로인 양
남아 있어 뿌듯했다.

언젠가 저 어린것도
땅을 섬기는 발품이 얼마나 위대한지 알아가겠지.

망중한

나무들의 음영이 햇살을 머금고
저녁의 이마를 물들이는 노을
호숫물에 안겨 있다.

표정 없는 바람은 초지 위로
호수 위로 지나간다.
가만히 벤치에 앉아 바람을 맞는다.

내 마음도 가벼워 호수에 깃든다.

따 놓은 당상

어떤 사람들은 넉四 자를 죽을 사死 자로 보기도 한다.
건물에서는 4호나 4층 대신 'F'자가 등장했다.
하지만 중국 사람들은
오히려 4가 두 번 겹친 '八'을 최대로 복 받는 숫자로 본다.

아기 염소가 잠들었던 전나무가 '불'에 타서
'숯'으로 변하는 장면을 보여 주는 영화 〈네 번〉이
삶과 죽음, 소생과 소멸의 순환을 보여 준다.

태어나 꽃피우고
열매 맺고 스러지는 춘하추동
생멸의 순환 원리
사람과 자연 그리고 생물과 무생물의 관계는 유기적이다.
텃밭 당첨 번호까지 44번을 받았으니
행복은 완벽, 따 놓은 당상이다.

해바라기

밤사이 흐드러지게 피었어.
생명이 절정의 아름다움을 펼칠 때
발을 멈추고 바라봐 주어야지.

저기 뒤에 보이는 초록 융단.
지구상에 최초로 등장한 식물이 저 모습이었을까.

물에서 뭍으로 기어오르는 데 1억 년이 걸렸다니
조상님으로부터 물려받은 모험심의 소유자.

지나가는 바람의 겨드랑이를 붙잡고 방그레 웃음 날리며
오직 나만 바라보는 해바라기 당신.
나는 참, 복 받은 행운아다.

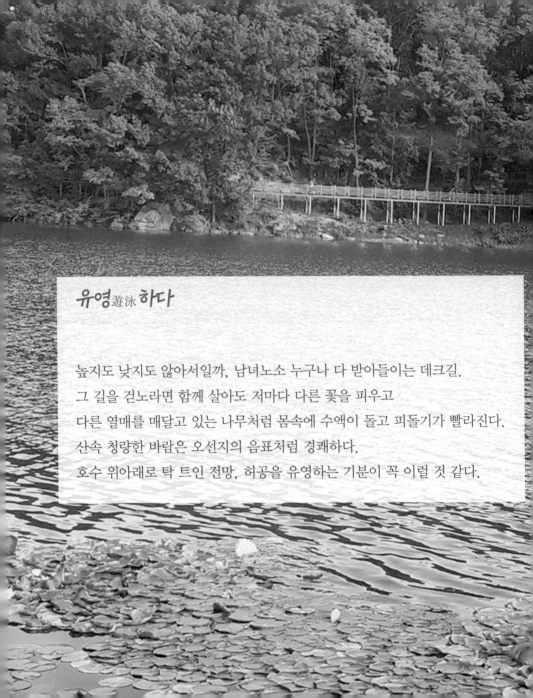

유영遊泳 하다

높지도 낮지도 않아서일까, 남녀노소 누구나 다 받아들이는 데크길.
그 길을 걷노라면 함께 살아도 저마다 다른 꽃을 피우고
다른 열매를 매달고 있는 나무처럼 몸속에 수액이 돌고 피돌기가 빨라진다.
산속 청량한 바람은 오선지의 음표처럼 경쾌하다.
호수 위아래로 탁 트인 전망, 허공을 유영하는 기분이 꼭 이럴 것 같다.

꼬마홍학
(Lesser flamingo)

홍학의 삶

길고 가느다란 다리의 소유자여서일까
연약한 만큼 무리 지은 것들.

'스스로 생각하고, 스스로 탐구하고, 자기 발로 서라.'
하지만 제 발로 서는 것이 얼마나 지난至難한 일이던가.

무리 지어 살아가는 홍학처럼
일가친척의 공동체이자 연대감이 이루어지는 집성촌처럼.

"플라밍고!"

서로 응원하고 북돋우는 힘이 붉게 물드는 홍학을 본다.

바라뫼문

이곳은 순환도로 위, 광교산 입구이기도 하다.
건너다니기에는 좀 불편해도 나름, 의미는 깊다.

조선 시대, 정약용의 실학사상에 의해 설계된 문.
이 문은 한강의 배다리에 설치된 홍살문을 형상화한
나라와 백성이 함께한다는 소통의 의미가 있다.

수원 둘레길에 새롭게 단장한 바라뫼문.
불통의 시대에 서로 소통하라는 듯
지나는 걸음을 묵묵히 지켜보고 있다.

저녁 산책

저녁 산책은 낮에 맛볼 수 없는 서정이 있다.
소란한 낮의 시간을 보낸 후 오로지 나만을 위한 시간.
세상은 어둠 속에서 진짜 자신의 모습을 드러내는 것 같다.

아파트 앞에는 원천호수가
뒤편에는 잔디광장이 펼쳐져 있다.
희미한 가로등 불빛이 산책길을 안내한다.
왁자한 개구리 울음이 들리고 찌르륵거리는 여치들.
가끔 어디선가 박자를 맞추며 울어대는 맹꽁이까지.
한순간 산책길은 어린 시절로 돌아간 듯
여름밤의 고향 풍경을 떠오르게 했다.

이 귀한 저녁의 소리를 그냥 흘려보낼 수는 없지.
핸드폰에 소리를 담아 가족 카톡방에 올린다.
"와, 개구리 우는 소리가 들려요!"
들뜬 손주의 목소리가 청량하다.
사랑의 세레나데와 함께한 '한여름밤의 꿈' 같은 산책길이다.

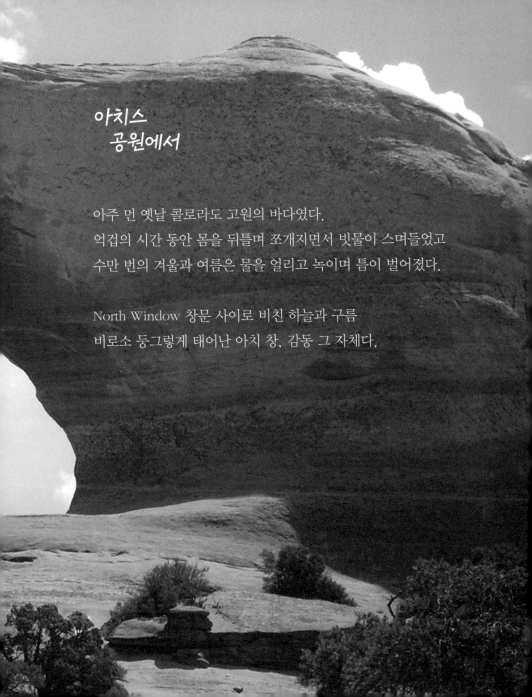

아치스
공원에서

아주 먼 옛날 콜로라도 고원의 바다였다.
억겁의 시간 동안 몸을 뒤틀며 쪼개지면서 빗물이 스며들었고
수만 번의 겨울과 여름은 물을 얼리고 녹이며 틈이 벌어졌다.

North Window 창문 사이로 비친 하늘과 구름
비로소 둥그렇게 태어난 아치 창, 감동 그 자체다.

때로 몰아치는 사막의 바람은 땅을 조각내다가
넓적한 바윗덩어리로 나뉘었다가
또다시 거대한 기둥으로 깎이기도 했다.

2009년 여름 유타 주 아치스 국립공원에서
거대한 자연의 섭리 앞에 무릎 꿇고
나는 얼마나 연약한 존재인가, 되묻고 돌아섰다.

사슴 아치

와이오밍 주 관광도시 잭슨 홀Jackson Hole
공원 입구에 사슴뿔 아치.

어디서부터 걸어온 것일까.
우리말로는 큰사슴, 엘크elk 뿔.

말이 없다.
결코 우아하다 말할 수 없는 뒤엉킴.

저 하얀 속살을 열면 켜켜이 쌓였을
슬픈 기억들, 아픈 이야기들.

잿더미에서 움트다

어찌하여 그렇게 선 채로 화형을 당했는가.
1988년 옐로스톤 국립공원의 여름, 천둥과 번개.
여섯 달 동안이나 자연발생적으로 번진 초대형 산불.
세상의 형벌 중에서 가장 황홀했다고 할 수 있을까.
드디어 겨울눈을 맞고서야 멎은 산불.

2009년 여름의 모습
스스로 치유되도록 기다리는 자,
드디어 새 희망 연둣빛을 피우리라.

콜로라도 평원에서

어린 시절, '원수의 하나까지 무찔러'라는 노래 가사.
나는 그저 원수의 대상이 누구인지도 잘 모른 채 불렀다.
전쟁 때 미군 병사가 만 천 명이나 전사했다는데.

황량한 콜로라도 평원에 세워진 한반도 지도가 눈에 밟힌다.
아마도 그곳이 미국의 위도선이 되는 곳인가 보다.
지금도 그 표지판에서 '잊어서는 안 된다'고 하는,
소리 없는 외침이 들리는 것 같다.
아직도 남북한이 서로 대치하고 있는 오늘,
정말 잊을 수가 없다. 잊어서도 안 되는 전쟁이다.

2009년 여름에

죽음은 또 다른 세계로의 귀향

2004년 여름, 샌프란시스코의 둘째 날이 밝았다.
그랜드캐니언, 옐로스톤과 함께
미국 3대 국립공원으로 손꼽히는 요세미티 공원,
그리고 세쿼이아 국립공원으로 향했다.

낮은 지대에는 흐벅진 낙엽수들이 도열해 있고
나무들은 고도에 따라 뚜렷이 차이가 났다.
키 큰 침엽수림과 로지폴 소나무가 빼곡했으나
우람한 나무들이 이곳저곳에 쓰러져 있었다.

번개로 부러진 나무, 불에 타다 남은 나무, 썩은 나무들.
자연스럽게 널브러진 것도 자연보호 차원이라는데
발길 닿는 곳마다 쓰러진 나무 무더기를 밟았다.
밟으면 부스러기가 되어
곧 흙과 섞일 것 같아 기분이 좋았다.

2500년 된 셔먼 나무도 있었다.
무게는 120만kg, 높이는 82m.
그 셔먼 나무보다 2m 정도 더 큰 나무가
도로 위에 누워 있었다.
"어, 1937년, 내가 태어난 해네."
남편이 반가워했다. 마치 동갑내기를 만난 듯.

그러나 그 숫자는 태어난 나이가 아니고
자연재해로 저절로 뿌리가 뽑힌 나이였다.
그 해에 나무는 노쇠하여 생을 마쳤으나 남편은 세상에 나왔다.
거대한 나무가 사람과 자동차를 통과시키는 터널이 되었다.

또 다른 생으로 거듭난 나무, 죽었다고 다 죽은 것은 아니었다.
썩은 나무, 풀잎과 나뭇잎도 다른 생명체에게 거름이 되듯
죽어도 아주 죽는 것이 아니라는 희망 같은 걸 느꼈다.
죽음은 또 다른 세계로의 귀향일 테다.

부드러운 손을 내밀다

메인 주 아카디아 국립공원.
대서양의 파도를 품은 해변과
무성한 나무와 울창한 숲,
어지간한 폭풍에도 끄덕하지 않을 듯하다.

해안 벼랑과 쉼 없이 부딪치는 파도,
바위투성이라고 해도 전혀 날카롭지 않다.
파도와 바람에 의해 조금씩 모양이 다듬어지듯
끊임없이 인내하며 살아가는 우리 인생 같다.

친근해지고 싶어서 눕기도 하고 앉기도 했다.
울퉁불퉁한 바위들과 해안 절벽들 가운데 유일한 모래사장,
불가사리, 게, 파란 홍합 등 희귀한 생물들의 서식지 바닷속,
큰맘 먹고 살아 있는 바닷가재를 한 바구니 샀다.

이심전심일까.
하늘나라로 간 아들을 기리기 위해
꽃다발을 떠내려 보내는
어느 노부부의 모습이 사라지지 않는다.

그랜드캐니언이나 나이아가라 폭포처럼
장엄하지도 웅장하지도 않다.
옐로스톤의 간헐천이 뿜어내는 신비로움도 없고
레드우드 국립공원, 거목들의 거만함도 없다.
그래서 더 오래 머물고 싶었다.

인간을 압도하기보다는
잔잔하고 너그러운 마음으로
받아들이는 성직자를 만난 듯했다.

가을

autumn

뜨거운 것은 오래 머물지 않는다

불타는 욕망으로 온몸 휘감고
이 가을, 누구를 유혹하려는가.

활화산처럼 타오르던 청춘의 계절은
희망의 다른 이름이었다.
꺼지지 않을 것 같았던 불같은 사랑처럼
뜨거운 것이 자랑이었다.

그러나 불길은 순간이다.
가을이 저물어 하나 둘 낙엽으로 떨어질 때
나목裸木은 처연히 죽어 간 제 잎들을 슬픈 눈으로
바라볼 뿐이다.
뜨거운 것은 오래 머물지 않는다, 봄밤의 꿈처럼.

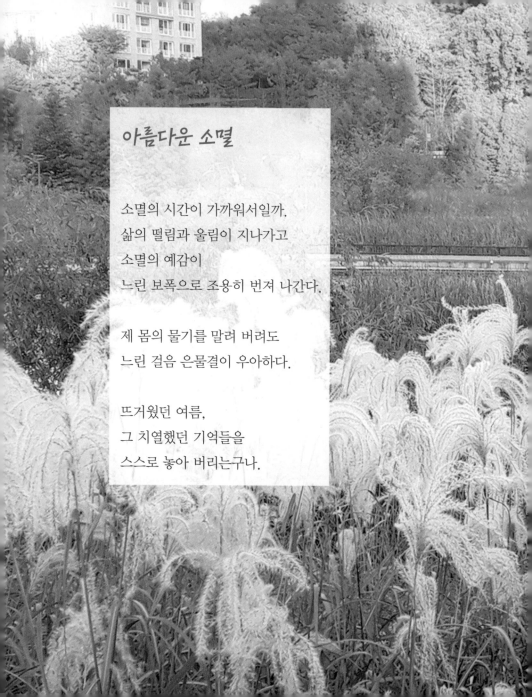

아름다운 소멸

소멸의 시간이 가까워서일까.
삶의 떨림과 울림이 지나가고
소멸의 예감이
느린 보폭으로 조용히 번져 나간다.

제 몸의 물기를 말려 버려도
느린 걸음 은물결이 우아하다.

뜨거웠던 여름,
그 치열했던 기억들을
스스로 놓아 버리는구나.

오리
가족

하늘을 장난삼아 품고 놓아 주는 호수.
밤을 지새운 오리 가족을 띄우고
동튼 아침을 연다.

앞장선 어미 뒤로
고만고만한 어린것들,
언젠가 저들도 부지런한 모성을 닮아 가겠지.

물과 떨어질 수 없는 삶의 방식들,
어떤 역경도 헤쳐 나갈 억센 물갈퀴질도 배우겠지.

천상의
존재들

어린 손자의 표정을 닮은 코스모스.
꿀벌을 아낌없이 안아 준다.

세상을 아름답게 만들기 위한
신의 첫 작품이 코스모스이듯이
미래를 꿈꾸는 해맑은 녀석들.

바람에 쉽게 흔들릴 것 같은 여린 몸짓이지만
순한 길이든 험한 길이든
하늘의 뜻을 따르는 '천상의 존재'들이다.

지휘자 까치

뒷동산에 턱시도 입은 지휘자
강·약 바람 반주에 맞춰
텃새 철새도 발성 연습 중.

미루나무 테너 가수와
능수버들 베이스 가수,
치솟는 메타세쿼이아 소프라노와
단풍나무 알토 가수.

지휘대가 너무 높은 합창 연습장
화음이 잘 맞지 않아 속이 상했는가.

과학자의 꿈을 향해

저 혼자 걷기도 하고
할아버지 등에 업히기도 하면서
현충원 정상에 올라서서 한강을 바라보며
"와, 대한민국이다!"
하고 외치던 세 살배기 손자.

초등생이 되어 해양수산자원연구소 탐방 때,
금붕어 떼를 보자마자
소리치며 박수로 환영하더니
이것저것에 호기심이 많다.

지금은 과학고등학교에 가겠단다.
과학자의 꿈을 향한 걸음이 미덥다.

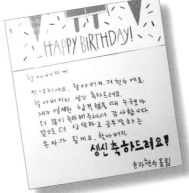

막걸리

강원도 실레마을 문학기행 날.
감주 맛 나는 막걸리를
한 병 사 들고 집에 왔다.

나는 잠시,
병든 남편을 수발하던
김유정의 소설 〈산골 나그네〉의 '들병이'가 되어 보려고.

"평생 살다 보니 별꼴 다 보겠네."
흡족해하는 남편 얼굴이 마시기도 전에
불그레 취기가 올랐다.

보들이

우리 손자들의 보들이.
우리 집에 올 때는 꼭 챙겨들고 온다.
보드라운 인형과 함께 잠들기 위해.
외스텐T. Oesten의 동요,
피아노 소곡 〈잠자다 깨어난 인형〉이 되지 않기를 바랄 뿐.

어느 나라에서는 반려동물과 함께하는 날을 정했고
그 나라 성인 열 명 중 세 명이 곰 인형을 안고 잠든다고 한다.

마음이 우울할 때나 체온이 내려갈 때
마음을 달래 줄 보들보들한 인형이 좋다.
어른에게도 반려 인형이 필요하단 얘기에 고개가 끄덕여진다.

나도 보들보들한 베개를 무릎에 끼고서야 잠드니까.

곤충 호텔

이제 곤충도 대접받아야 할 때가 되었다.
저들이 살기엔 너무 열악한 도심에서는 더욱 그렇다.

해충과 유익충을 구별 짓는 것,
그것은 인간의 입장에서 생각하는 편견이 아닐까.
만물의 영장이라는 오만함까지.

인간을 공격하는 코로나19 변종 바이러스도
자연 생태계를 황폐화시킨 인간에 대한 역습이다.

신은 만물이 공생 공존하도록 세상을 만들었다.
모든 생명체는 나름의 존재 이유가 있는 것을.
곤충 호텔, 그들에게는 절대 과분하지 않은 거처다.
염치를 아는 인간이 제공해야 할 최소한의 보금자리다.

"푸푸, 푸우푸…"
욕실에서 들려오는 소리.
세숫물이 세면대 밖으로 튀어 나가도 아랑곳하지 않는다.
두 손 모아 가득 퍼 올린 물로 얼굴을 빠르게 문지른다.

옛날 안마당 시멘트 바닥 수돗가에
맑게 울려 퍼지던 트라이앵글 소리.

남편은 그 쾌감을 그리워하는 것일까.
세월이 흐르고 주거 시설이 바뀌어도
그 옛적 스테인리스 세숫대야 시절에 머물러 있다.

산사 옆 계곡물 소리처럼 시원한 그 소리가
왠지 싫지 않고 정겹게 들리는 아침이다.

집어삼키다

내리막길 마대를 향하여
또르르 또르르 구르는 도토리.
올망졸망한 먹잇감을 제 입 크기만큼
집어삼킨 철망 배수로.

그 밑에서 그냥 썩어 버리거나
물살에 휩쓸려 떠내려가는 먹잇감은
그림의 떡이다.

땅을 치고 바라볼
다람쥐, 청솔모…, 여러 산속 식구들까지.

세상이 왜 이리 냉정하냐고
인간만이 대수냐고, 그들은 원망하지 않을까.
온전히 사람에게만 편리한 철재 배수로 덮개.

친구 셋

세계 어디서나
코로나19 바이러스 창궐로
듣도 보도 못했던 행정명령이 귓전을 때린다.

버스 기사가 뭇매를 맞고
전철 안에서 폭행 사건이 일어난다.

언제 어디서
못 본 척,
말 못하는 척,
못 들은 척해야 하나.

삼사일언三思一言
삼사일행三思一行이 그립다.

겨울

winter

난간의
삶

새벽 희뿌연 안개 속을 헤치고 찾아온
반가운 손님.
나는 눈길을 놓치지 않고 몸을 움츠린 채
조용히 지켜보고 있다.

도심의 천덕꾸러기로 지탄받는 저 비둘기 가족.
하필이면 베란다 난간, 편치 않은 곳으로 왔을까.
한때 평화의 상징으로 사랑받던 몸이었는데
척박한 도시에서 살아남으려는 저들도
할 말이 많을 것 같다.

돌아보면, 내 지난 삶도 매 순간
난간欄干에 기대서는 것이었다.
그래도 참고 견딜 수 있었던 것은
반겨 줄 따뜻한 보금자리와 가족이 있어서였다.

첫눈 내리다

어린 시절
첫눈이 언제 내릴까 기다려지던 날.
창문이 희뿌옇다.
"와, 첫눈이다!"

하지만 소문도 없이 밤에 찾아온 눈이 야속했다.
첫눈 내릴 때 만나자던 약속은 아침 햇살과 함께 사라졌다.

눈송이 소리 없이 사뿐 내려앉은 길에
가슴 설렌 발자국은 그리움만 찍어냈다.
그러나 그것도 잠시,
머지않아 흔적 없이 사라진다는 걸
육각 꽃송이들은 알고 있을까.

지금도 눈 내리는 날이면 달뜬 소녀가 된다.
비록 순식간에 사라질 눈일지라도 온몸으로 받고 싶다.

눈밭
벤치

천상에서 내려온 하얀 새가 자신의 솜털을 흩뿌렸나.
희고 흰 융단.

소리 없이 오시더니 귀하신 몸 앉히려나
곱게도 내렸네.

속 모르는 까치 떼
고요를 깨울까 걱정스런 공원 풍경.

고요한 물비늘

한파 속에 얼어붙었던 물결들이 살아나려나
부드러운 살갗으로 겨울을 쓰다듬고 있다.

투명한 아침 햇살,
겨울을 밀어내는 얼음 조각,
물비늘이 고요하다.
물오리 서너 마리 졸린 눈을 비비고 있구나.

떡갈나무 잎의 내공

찬바람이 매섭다.
잎을 매단 채 그냥 그대로다.
다른 나뭇잎은 혹한에 날려 보내는 게 다반사인데.
무슨 미련일까, 아직도 푸르던 날을 잊지 못해서일까.

참뜻, 참기름. 참나물, 참비름…, '참'이 갖는 진실함이 좋다.
도토리가 열리는 '좋은 나무'가 참나무라지만,
갈참, 졸참, 떡갈, 상수리로 개명되어 참나무는
족보에도 없는 이름이다.

진실과 거리가 멀어진 세상은 갈수록 팍팍해진다.
여간해서는 '참'을 붙이기가 힘든 시대가 되었다.

떡갈나무는 한겨울에도 '참'의 잎을 떨구기 아쉬웠나 보다.

살아내는 힘

창창한 우주 한모퉁이 갈대 무리.
그 조상은 어디서 왔을까.
돌연변이로? 교잡으로?

어디서부터든 무슨 상관이랴.
호숫가 갈대의 몸은 가냘프다.
살아내는 힘은 '함께' 하는 것이라고
목줄기가 야위고 휘어질지라도
이리저리 휩쓸려도 함께 누웠다 함께 일어선다.

목쉰 바람 마시며 오랜 명상 위에 피운 갈대꽃.
갈대의 군무는 울음일까, 웃음일까.
바람만이 알겠지.

예나 지금이나

어린 시절 냇가 '한내'에서 다슬기 잡을 때
함께 놀던 자갈 위 백로.

먹고사는 일과 별 상관이 없으나
아슴아슴한 기억에 잠겨
고향 하늘이 그립던 어느 겨울날.

서울에서 이백여 리 길.
육십여 년 만에 처음으로 고향을 찾았다.

반갑다고 살가운 위로를 받고 싶었으나
그냥 양쪽 개울가에서
예나 지금이나 자기네끼리 한가로이 노닐고만 있으니,

내 마음을 아는지 모르는지.

호기심의
동심들

겨울 마지막 달,
마른 잔디 위에서
굴러가던 축구공이 멈춘 곳.

축구공은 제쳐놓고 땅속이 궁금해
나무 꼬챙이로 낙엽을 헤친다.

땅의 거죽을 파내더니
흙의 살갗에서 풀뿌리도 찾아내고
자갈도 건져 내면서 신기해하던
호기심 많은 어린 도시생활자, 손주들.

우리 모두 마지막엔 생명의 근원
흙으로 돌아간다는 걸 언제쯤 알게 될까.

소금
빛

어디서 왔을까.
2억5천만 년이라는 오랜 명상 위에 태어난 꽃
모양이 불규칙해도 좋다.
약간의 이물감과 균열이 있어도 괜찮다.

너무 환하지도
너무 어둡지도 않은 중용의 색,
파스텔톤.

눈송이 흩뿌리던 날

주일 한국대사관 수석교육관으로 근무할 때
형제들을 초청했다.

어린 아들 육 형제 뒤로하고
젊어서 영면하신 부모님의 화신일까.
좀처럼 눈이 내리지 않는 도쿄에
우리를 환영이라도 하듯 소복이 쌓였다.

아들 내외가 삶의 장애물을 흘려보내고
이겨 내는 소명을 눈여겨보셨을까,
혈육들이 조상의 음덕을 기리고
'사랑해' 노래를 연발하듯 눈송이 흩날렸다.

온몸으로 부르는 사랑의 세레나데,
우리는 한 몸이 되어 모처럼 웃음꽃을 피웠다.

그리고 다시, 봄

and look again

해마다 피어나는 들꽃

동자승 인형

고마운 동생들에게

코스모스 당신

그의 눈이 되리다

어린 손편지

나를 일으켜요

해마다 피어나는 들꽃

"애야, 아버지 앞니가 모다 부러졌다."
어머니의 떨리는 목소리가 전화선을 타고 내 귀를 두드렸다.
아버지 입술과 잇몸에서 흐르는 피를 주체할 수 없었다는 어머니.
출입문이 부실해서 문 뒤에 고여 두었던
바윗돌에 걸려 넘어지셨단다.

가슴이 미어지듯 아팠다.
그런데, 사실 그때 나는 경황이 없었다.
갑자기 세상을 떠나신 시아버님과 뇌졸중으로 쓰러지신 시어머님.
대가족 시집살이 하느라 형편이 여의치 않았다.

아버지는 어려운 살림 속에서도 딸자식을 대학교까지 보내어
교편을 잡게 해 주셨는데,
나는 아버지 치아를 선뜻 해 드리지 못했다.
은행에서 대출받을 줄도 몰랐다.
순발력도 부족하고 눈치도 없는 바보였다.

오십 대에 갑자기 합죽이가 된 아버지.
"자식들이 모다 최고학부에 다니는데 뭐 어떠냐!"
아버지는 부끄럽기는커녕 떳떳하다고 말씀하셨다.

일제강점기 때, 가세가 기울면서 중학교를 중퇴하신 아버지는
독학으로 공무원이 되셨다. 모범공무원 표창장도 받으셨으니
성실하기로는 둘째가라면 서운해 하실 정도였다.

몇 년 전 미국 시카고에 사는 상원 오빠한테서 이메일이 왔다.
어린 시절을 회상하는 글이었다.

너의 아버지이자 나의 둘째 외삼촌에 대하여
내가 기억하는 가장 오래된 이야기가 있다.
너의 큰고모인 우리 어머니와 둘째 외삼촌이 해 주셨던,
2차 세계대전과 6·25 이야기.
주로 둘째 외삼촌이 이야기하셨던 간디의 단식, 맥아더 장군의 B29 폭격,
그리고 스탈린 이야기가 너무 재미있었고,
지금도 잊혀지지 않을 만큼 생생하다.
내가 간디에 대해 관심을 가질 수 있는 계기를 마련해 주셨던 분은
둘째 외삼촌이었다.

아버지가 상원 오빠에게 국화주를 건네며 이야기를 나누시던 기억이
난다. 그때 니체의 명언도 들려주셨다. 별 풍파 없이 단조로운 항해를
한다면 가슴 뛰지 않는 삶이 될 수밖에 없다고.

어머니 또한 자식들 교육이라면 험한 일도 마다하지 않으셨다.
일용품 가게를 벌여 놓고 기차를 타고 오십여 리나 되는 충주에 가서
물건들을 양은 함지박에 한가득 담아 머리에 이고 오셨다.
아버지가 깜짝 놀라시며,
"동네 창피하니 제발 그만두어요."
해도 자식들을 끝까지 가르쳐야 한다며 뜻을 굽히지 않으셨다.
어릴 적 문중에서 배울 때부터 '작은 선생'이라는 별명을 들을 만큼
영민하셨던 어머니. 신식 학교 다니기를 갈망했지만 학교 문턱에도
가 보지 못한 어머니의 교육열은 남달랐다.

아버지는 아버지대로 부업으로 농사를 지어 자식들 학자금을 퍼 올리
셨고, 어머니는 어머니대로 양은 함지박에 학자금이 될 만한 물건들
을 퍼 담으셨다. 마치 뿔논병아리 부부가 새끼를 부화시키느라 알 품
기와 알 식히기를 분담하는 것처럼.

사랑하는 아버지 어머니!
파란 가을 하늘에 하얀 뭉게구름이 흘러가고 있어요.

아버지께서 홀연히 떠나가신 가을이 또 돌아왔지만,
당신은 끝내 돌아오시지 않고 꿈속에서만 뵙게 되네요.

동네 언덕배기에 아버지 어머니 닮은 연보랏빛 들국화가
피어 있어요. 그 들국화가 필 때마다 부모님 모습이 떠오릅니다.
당신들의 발자취는 금방 시들어 버리는 장미꽃처럼 화려하지는
않았지요. 다만 수수하면서 오래가는 들꽃.
아니, 해마다 피어나는 들꽃이라 부르고 싶습니다.
많이 그립고 보고 싶습니다.

동자승 인형

어머니 구순에,
몇 달 동안 고통스럽던 정수리의 부스럼 덩어리가 아물자
"이제 까만 머리가 새로 날까요?"
주치의 선생님께 농담을 건네셨다.
"왜, 시집이라도 가시려고요?"
주치의 선생님 대답에 우리는 배꼽을 움켜잡았다.

어머니는 구십삼 세에 패혈증으로 고생하시다가
일주일쯤 뒤에 산소호흡기를 떼고 겨우 깨어나시는 듯했다.
"어서 집에 가서 찰밥이나 해 먹자."
"선생님은 참 미남이시네요."
주치의 선생님에게 농담을 건넬 정도여서 희망을 걸었으나
인명은 재천이라 하지 않던가.
끝내 패혈증을 이겨 내지 못하셨다.

삼우제를 마치고 주인 없는 어머니 방에서
유품을 정리하다가 눈물이 왈칵 쏟아졌다.
허구한 날 동자승을 보면서 허무함과 외로움을 달래셨을 어머니.
작지만 소중한 유품,
어머니의 '동자승 한 쌍'을 감싸안고 돌아왔다.

고마운 동생들에게

올해도, 내년에도 딸네 집에 오실 줄 알고
마음의 준비를 해 두지 못했다는
어리석음과 아쉬움이 밀려온다.
중환자실에서 "찰밥 먹고 싶다, 어서 집에 가자" 하셨는데,
그 좋아하시던 찰밥을 드시지도 못하고
그렇게 훌쩍 떠나실 줄 정말 몰랐다.

오늘밤에도 이름 모를 별들은 여전한데,
어머니별만은 보이지 않는구나!
그러나 안정을 찾아야겠지.
큰동생네는 49재 전까지 매주 제사를 지낸다니,
참 기특한 일이다.

3주가 흘러가고 있다.
어머니별이 떠나시기 전에도
사 형제 동생, 올케들은 끝없이 협동하고 협조하는
남의 가정에서 보지 못하는 그런 모습을 보여 주었다.

그래서 어머니는 만족하시기도, 행복해하시기도 했다.
이 점이 우리 가문의 자랑거리가 아닐까.

삼우제를 마치니, 하늘은 보슬비를 내려 주셨다.
이제, 매일 새벽 울려 퍼지던 어머니의 천수경 염불 소리가
장마 오기 전, 천혜의 보슬비로 화하신 듯
어머니 묘소를 어루만져 주시니
이제, 편안히 영면하실 것 같다.

지금처럼 49재에도 한 마음 한 뜻으로 임하겠지만,
우리 형제애를 영원토록 자랑삼으며 살아가자.

2013년 6월 28일

누나 씀

코스모스 당신

당신은 엄마로, 아내로, 맏며느리로, 형수로, 맞벌이 주부로,
1인 5역을 끄떡없이 해냈소. 코스모스처럼 연약한 당신인데,
그런 당신이 어떻게 그 일을 다 해냈는지 자랑스럽소.

참, 기억하오? 굳이 기억하고 싶지 않은 일.
신혼 초 두어 달쯤. 퇴근하고 막 대문에 들어서는 순간
마당 한가운데 육중한 체구의 한 남자가 버티고 서 있었던 일.
"너희들이 신혼이야? 도대체 식구가 몇이나 되는 거야!"
갑자기 그가 삿대질까지 하며 고함치던 일 말이오.
방 '비우라'는 주인집 아들의 막말.
"대식구면서 이거 사기 친 거 아냐! 당장 나가!"
마치 자다가 벼락 맞은 꼴. 그래서 석 달 만에 방을 비운 일.
그런 당신 앞에서 분노를 참지 못하고
당신 성격에 문제가 있다고, 언성을 높이며 화를 내곤 했지요.
미안하오.

신혼 초, 두 번째 셋집인 흑석동 234번지를 잊을 수가 없지요.
주인집 아주머니의 친절에 감동하던 일.

마치 가뭄에 단비 내려 주시는 친부모 같던 그분이
아직 살아 계실까 궁금하고,
옛날 동네 모습도 보고 싶어 찾아갔지 않았겠소.
집은 옛날 그대로 남아 있어서 참 다행이었는데
초인종을 여러 번 눌렀으나 아무 기척이 없어서
다만 그 집만을 카메라에 담아왔던 일 말이오.

그래도 우리는 든든한 삼 남매를 얻었으니
그것만으로도 행복하지 않소.
약간의 보증금만으로 입주할 수 있는
구반포 AID 차관 아파트 33동 1층 당첨으로 내 집 마련.
1976년 여름에 떠나 다른 곳에 살다가
40년 만에 찾아가서 촬영까지 했지요.

남편의 따뜻한 포옹과
"고마워, 사랑해" 그 한마디면
당신 가슴에 맺힌 응어리가 다 풀릴 텐데
어리석게도 나는 그것을 모르고 살았지요.
아주 작은 것에 상처받고 아주 작은 것에 큰 감동을 받는 당신인데….
내가 무심코 던진 말 한마디에 괴로워했으니

사랑을 주면 줄수록 더 수줍어하고 행복해하는 사람이라는 것을,
미처 모르며 살아온 나는 바보였나 보오.

이 세상에서 당신에게 에너지를 충전해 줄 수 있는 사람은
오직 남편 한 사람뿐이라는 것을 이제야 알았소.
내가 당신을 등에 업고 다녀도 시원찮을 텐데
늘그막에 내가 당신의 짐이 되어 버렸으니 마음이 쓰립니다.

당신이 나의 운전기사가 되고 간호사가 되었으니 말이오.
나를 집에 두고 외출하면 무엇을 챙겨 먹나 근심덩어리가 되고,
밖에 혼자 내보내면 어떻게 다니나 걱정덩어리가 되었구려.
나는 늙어도 당신만은 늙지 않을 것이라 믿었는데
당신 얼굴에도 주름살이 생기고 흰머리가 늘어 마음이 아픕니다.

당신은 평생 건강과 싸우며 살다 보니
지금은 면허증만 없지 의사가 다 되었지요.
한방, 양방에 체질의학과 자연치료까지 도통한 것 같아요.
이제는 남편의 간호사에 주치의, 영양사까지…, 정말 미안하오.

당신은 지금도 소녀 같고 욕심도 없지요.
남편이 큰일 하는 것을 반기는 편도 아니고
남편이 출세하는 것에도 관심 없었지요.
내가 여러 번 책을 냈고 세종문화회관에서 출판기념회를 할 때
유명 인사들이 축하하러 온 자리에서도
당신은 별로 달갑지 않았던 것 같았소.

텔레비전 토론 프로에 나가고 신문에 칼럼이 실려도
큰 관심을 보이지 않았지요.

나는 내심 섭섭했지만
사실 그런 당신의 겸손과 순수성을 좋아했다오.
당신은 조용한 것, 평범한 것, 순수한 것을
사랑하는 만년 소녀였지요.
당신은 연약하고 힘없는 코스모스였지만,
때로는 에너지 넘치는 그런 당신이 대견하고 고마웠다오.

출판기념회 메인테이블에 한복을 곱게 차려입은 당신,
그 곁에 내가 있었지요.
사람들은 우리 내외를 닮았다고 합디다.
오래 정붙이고 살면 모습도, 행동도 닮아가는 모양이오.

우리도 언젠가 이 세상을 떠나가겠지요.
"난 당신을 만나 참 행복했소" 하며 함께 눈을 감을 수만 있다면,
정말 그럴 수만 있다면 좋겠소.
그러면 여한이 없겠지만….

당신은 내가 저세상 가는 길에도 끝까지 남아
못다 한 정 아파하며 울어 줄 사람이라고 믿고 있소.
"수고했어, 사랑해."
그 한마디면 행복했을 당신을
인생의 막바지에서 겨우 알게 되었으니
나는 미련한 곰이었나 보오.
정말 미안하오. 사랑하오.

그의 눈이 되리라

남편에게 중도시각장애가 왔다.
삶의 풍우를 견디며 아름다운 결실을 맺으려 했건만
열정과 시력이 포개지지 않고 어긋났던 것일까.

연료가 모두 소진되었던지 시야가 어두워져
세상을 다 잃은 것처럼 절망하다가
이성과 감정을 양팔 저울로 추스르며 살아간다.

소리라는 낭송, 낭독, 음악.
촉감으로 하는 점자 훈련도 기꺼이.

비록, 균형 잡힌 열정의 에너지는 아니더라도
다만, 편도의 힘만으로 잉여의 삶을 극복하는 데에
아내인 나밖에 또 누가 도와줄 수 있겠는가.

이만해도 다행이다. 살아 있는 한 그의 눈이 되리라.
오늘도 그의 손을 꼬옥, 움켜잡는다.

부모님을
낳아주셔서
감사합니다
♥ ♥
사랑해

할머니, 오래 동안 같이 재미있게
놀고 잘 지낼게요. 할머니, 생신 축
하해요. 유치원에서도 선생님 말을
잘 들을게요. 사랑해요! ♡
From. 필교 and 준교
+o. 할머니

할머니할아버지 사랑해요♡
그리고
할머니 할아버지
사이좋게지내요

감사합니다
사랑합니다

김 기림 드림

어린 손 편지

어린 손자들의 정성이 담긴 손 편지.
그 순간들이 점점 멀어져 가는 것이 아쉬워
흔적들을 한자리에 모았다.
'부모님을 낳아 주셔서 감사하다'고, '사랑한다'고,
우리가 어렸을 때는 상상하지 못한 표현들이다.
그때와 비교할 수 없을 만큼 감수성이 예민한 아이들.
할머니가 무엇을 걱정하는지….
선생님 말씀 잘 듣는 것,
건강하고 씩씩하게 자라는 것,
친구들과 잘 어울려 노는 것까지 꾹꾹 눌러 담아
걱정하지 마시란다.
사랑이 무엇인지 어렴풋하게나마 알아가는 중일까.
언젠가 늙은이들의 다툼을 보았는지.
할머니 할아버지도 사이좋게 지내란다.
때마다 앙증맞은 손편지로 기쁨을 주는 손주들.
아이들은 천상의 존재다.
어른이 되면 그 천진함에도 때가 묻겠지만
지금처럼 하늘에 깃든 마음이 변하지 않기를 기도한다.

나를 일으켜요

중도시각장애자 판정을 받은 남편.
우울하게 지내던 어느 날 고심 끝에
용기를 내어 복지관 '아리솔합창단'에 입단했다.

A4용지에 그려진 악보가 소용없어서
가사만 워드로 쳐서 확대하고
베이스 파트 음정을 핸드폰에 녹음하였다.
여러 번 반복해서 불러보더니
조금씩 진전의 기미를 보이기 시작했다.

주 연습곡은 〈You raise me up〉과 〈내 맘의 강물〉.
드디어 용인시 죽전 포은아트홀에서 열린 연주회에
참가하게 되었다.

남아프리카의 의사 선생님 크리스티안 바너드는
"사람을 고귀하게 만드는 것은 고난이 아니라,
다시 일어서는 것이다"라고 말하지 않았던가.

처음 입어 보는 합창단복에 빨강 나비넥타이가
어색해 보였으나 You raise me up이 된 것처럼
신선감과 쾌감은 만점이었다.
천이백여 석이 넘는 용인 최대 규모의 포은아트홀은
'나를 일으켜요'에 동화된 듯, 박수갈채가 홀을 가득 메웠다.

"정말 가기 싫었다."
그럴지만 엄마가 억지로 가자고 해서 갔다.
처음에는 잠이 오는 포근한 음악이 내 귀에 들어왔다.

그 다음에는 정신이 번쩍 드는 음악이 내 귀로 들어왔다.
할아버지 할머니가 멋진 옷차림으로 나오셔서,
〈내 맘의 강물〉과 〈You raise me up〉을 부르셨다.
공연을 마치고 나오면서 생각했다.
나도 그런 멋진 노래를 부르고 무대에도 서고 싶었다.
많은 사람들이 내가 부르는 노래를 들을 수 있겠지…."

초등학교 3학년 손자 준교의 감상문은
혀끝의 말들을 손끝으로 전했기에 더 감동적이었다.

정기연주회를 관람한 두 딸, 보영이와 세영이는
젊어서부터 음치라고 자인해 오던 아버지가
노래로 다시 일어서려는 모습을 보고 안쓰러움이 밀려와
흐르는 눈물을 주체할 수 없었다고 한다.

올해는 우리 결혼 50주년.
비록 합창단 일원일지라도
우아한 무대 위에서 황홀경이 펼쳐져
뜻밖에 많은 청중들의 환호와 박수갈채를 받았으니
이보다 더 좋을 수 없는 특별한 금혼식 이벤트가 아닌가.